Monsieur Bardin
sous les étoiles

Monsieur Bardin
sous les étoiles

un roman écrit par Pierre Filion
et illustré par Stéphane Poulin

SOULIÈRES ÉDITEUR

case postale 36563 — 598, rue Victoria
Saint-Lambert (Québec) J4P 3S8

Soulières éditeur remercie le Conseil des Arts du Canada et
la SODEC de l'aide accordée à son programme de publica-
tion et reconnaît l'aide financière du gouvernement du
Canada par l'entremise du Programme d'Aide au
Développement de l'Industrie de l'Édition (PADIÉ) pour ses
activités d'édition. Soulières éditeur bénéficie également du
Programme de crédit d'impôt pour l'édition de livres –
Gestion Sodec – du gouvernement du Québec.

Dépôt légal: 2004
Bibliothèque nationale du Canada
Bibliothèque nationale du Québec

Données de catalogage avant publication (Canada)

Filion, Pierre, 1951

    Monsieur Bardin sous les étoiles

    (Collection Ma petite vache a mal aux pattes ; 55)

    Pour enfants de 6 ans et plus.

    ISBN 2-89607-005-2

    I. Poulin, Stéphane. II. Titre. III. Collection.

PS8561.I53M66 2004   jC843'.54   C2004-940500-4
PS9561.I53M66 2004

Illustrations:
Stéphane Poulin

Conception graphique de la couverture:
Annie Pencrec'h

Logo de la collection:
Caroline Merola

À Jackie,
ma bonne étoile

1

Olé pompons !

Après la fête de Noël, monsieur Bardin avait rasé ses cheveux. Plusieurs garçons de la classe l'avaient imité. Nous avions le caillou luisant comme un pou. Il paraît que cela renforcit le cheveu. Même mon chien Lucky voulait qu'on lui tonde la tête.

Les filles riaient de moi : ma mère, ma sœur, ma cousine Anne-Sophie et les amies de la classe. Foi de Jérémy, j'aurai les cheveux les plus forts du monde. Et jamais besoin de me peigner !

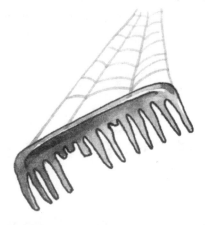

J'avais l'impression de sentir bouger mon intelligence lorsque ma mère me caressait la tête. Quand elle me posait une question difficile, je me grattais le coco et la réponse venait aussitôt.

—Les gars, nous a dit le grand Bardin un matin de janvier, il faut que nous portions des tuques chaudes, afin que l'eau, dans nos cerveaux, ne gèle pas !

Je savais que mon cerveau flottait dans une eau spéciale, un mélange de méninges rosées et de cellules grises mille fois plus complexe que le plus gros ordinateur de la planète.

Monsieur Bardin a voulu nous rassurer :

—Règle 24/365 : se protéger jour et nuit contre les intempéries, les poux, les averses de neige et les tempêtes de soleil.

Monsieur Bardin portait un chapeau en toute saison. Il en avait une jolie collection et nous faisait rire quand il arrivait en classe avec une nouvelle tête. Lorsqu'il portait son sombrero à pompons, il prenait son accent espagnol et toute la journée devenait ensoleillée comme le Mexique.

—*Buenos días, amigos...* Auzourd'hui, nous zallons parler dé la plousse dan-gerousse affaire dé l'année : les zéxamens de soie dentaire... Olé !!!

2

ANNE-SOPH-PROF

Le premier février, par un froid de moins 35 degrés centigrades, monsieur Bardin nous a surpris en portant un chapeau qui n'avait pas de nom. Il avait l'air d'un sorcier à lunettes.

En l'apercevant, Lucky a jappé trois coups, comme au théâtre. Le spectacle allait commencer.

—Mes jeunes amis, voici venu le temps de nous amuser. Depuis le premier jour d'école, vous avez fait des progrès remarquables. Vous savez lire, écrire, vous savez compter. Vous connaissez la distance de la Terre à la Lune. Vous connaissez la vitesse de votre intelligence. Vous différenciez un chameau d'un dromadaire, les coccinelles d'Asie et les coquerelles d'Abitibi, vous savez que les puces peuvent danser le tango, mais......... savez-vous rêver ???

14

Ma cousine Anne-Sophie, qui répond toujours plus vite que son ombre, a grimpé sur sa chaise :

—Mosssieur Bardin. ESSCU-ZEZ-moi-pardon, mais je vais vous dire que moi, moi-moi-moi-moi-moi-mmmoi, depuis que j'ai commencé l'école, je rêve tout le temps. Jour et nuit, monsieur Bardin ! Je suis dans une école de rêve. J'ai des amis de rêve. Mon chat de rêve est avec moi. La nuit dernière, j'ai rêvé que j'étais devenue professeur à votre place. Et le plus extraordinaire, c'est que je parlais comme un chat. Je miaulais les mathématiques et la géographie.

—Bravo, Anne-Soph-Prof ! Si un jour tu es à ma place, tu pourras dire que tu as eu un rêve prémonitoire. Tu as peut-être rêvé ce qui va t'arriver plus tard. Règle *number one*: les rêves peuvent se réaliser un jour, si on y croit très fort.

Husky, le chat noir d'Anne-Sophie, est monté sur le bureau de monsieur Bardin. Il s'est approché de lui et a frotté son museau sur le nez de notre professeur avant de se coucher comme un pacha. Monsieur Bardin avait les yeux brillants.

—Mes amis, je viens de recevoir un message par le nez : pour apprendre à rêver, en février, il faut aller à…

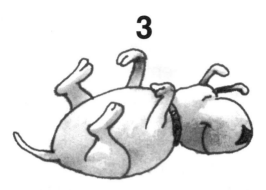

3

Sam et samedi

Monsieur Bardin a fermé les yeux un instant et son chapeau s'est mis à tourner sur sa tête. Il glissait sur son crâne dégarni comme sur une boule de quille.

En voyant bouger le chapeau, Lucky s'est mis à se rouler par terre, les quatre pattes en l'air, comme s'il était arrivé au septième ciel en livraison express.

Monsieur Bardin avait plus d'un tour dans son chapeau.

17

—Pour bien rêver… il faut aller à… à … ailleurs. Et j'ai entendu dire, entre les branches de l'arbre de Noël, que la fête de Jérémy…

Quand monsieur Bardin a prononcé mon nom, Lucky a cessé de faire le clown et s'est approché de moi, les oreilles droites et les narines frémissantes.

—… était le 14 février. Quelle bonne idée tu as eue, mon cher Jéré ! Venir au monde le jour de la Saint-Valentin ! Tu es né le jour des amoureux ! Et c'est aussi le jour des chocolats.

Je ne pouvais me retenir :

—Ma mère m'a dit que je suis né un dimanche pour ne pas déranger mes parents qui avaient beaucoup de travail cette semaine-là. Je suis né à treize heures vingt-cinq. Ma mère a

dû attendre le médecin parce que sa voiture avait refusé de démarrer. Il faisait très froid, comme aujourd'hui, mais un beau soleil inondait la chambre de l'hôpital. J'ai poussé un grand cri de plaisir en ouvrant les yeux. Ma soeur aussi est née un dimanche, un quinze septembre, à treize heures et quatorze. Et mon chien Lucky est né sur la paille, un lundi vingt-trois juin, dans une grange de Sainte-Flore. Et, et, et, et… c'est tout ce que j'avais à dire…

Monsieur Bardin a enfin ouvert les yeux et son chapeau s'est immobilisé sur sa tête.

—Le père de Jérémy nous invite à la campagne pour fêter l'anniversaire de notre ami avec ses cousins et ses cousines. Êtes-vous d'accord pour dormir

au chalet de Jérémy et rêver entre amis ?

Tous ont dit en choeur : *YEAH!!!*

—Alors rendez-vous à Frelighsburg. Puisque le chalet de Jéré est situé à côté de la frontière américaine, nous irons dire bonjour à l'oncle SAM !

Anne-Sophie a ajouté :

—Les gars, n'oubliez pas votre crème solaire, vos tuques et vos chocolats !

Monsieur Bardin a levé les bras en fermant à nouveau les yeux. Puis il a grimpé sur le bord de la fenêtre en se tenant sur une seule jambe. Il avait l'air d'un somnambule. Nous retenions notre souffle. Rêvait-il ?

—Amis du Québec, du monde entier et de la galaxie, avant de vous apprendre l'ABC des rêves, je veux que vous écriviez à vos parents pour leur annoncer la bonne nouvelle. Vous partez en classe de neige pour assister à votre premier cours de rêve sous les étoiles.

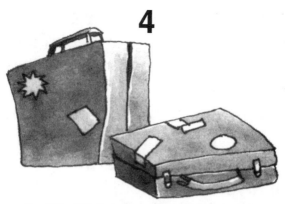

4

LE BUS DU SUD

Le matin de la Saint-Valentin, monsieur Bardin nous attendait devant l'école. Il souriait au volant d'un petit autobus scolaire.

En apercevant sa casquette de chauffeur, Lucky s'est roulé de joie dans la neige. Sur le dessus de sa casquette, monsieur Bardin avait installé une énorme boussole.

—En voiturrrrre, les grands explorateurs. Mettez vos bagages à l'arrière du bus. Départ dans cinq minutes et cinq secondes. Pleins gaz, mes amis, et plein sud !

La mère de ma cousine Anne-Sophie avait acheté un énorme bouquet de ballons pour mon anniversaire. Monsieur Bardin en a fixé partout sur l'autobus : sur l'antenne, sur les pare-chocs et sur chaque roue. La classe de neige prenait un air de fête.

—Madame, lui a dit monsieur Bardin, vos ballons me font tourner la tête. Cet autobus est devenu un véritable ballon dirigeable. Je vais vous faire une confidence : quand j'avais quatre ans, j'ai rêvé que je conduisais un autobus en Amérique. Aujourd'hui, je vais enfin réaliser mon rêve.

Nous sommes partis en chantant. Monsieur Bardin connaissait

des centaines de chansons, son répertoire était inépuisable. Il pouvait même en inventer au volant de l'autobus.

Des chansons à boire,
des chansons de balançoires,

des chansons de maringouins,
des chansons de coccinelles,
des chansons de maternelle,

des chansons de cacahuètes

et des chansons d'ordinateur.

—Chers enfants, nous a-t-il dit en route, j'ai un aveu à vous faire. Surtout, ne le dites pas au directeur de l'école : c'est-la-première-fois-de-ma-vie-que-je-conduis-un-ballon-dirigeable !

En choeur, nous avons crié : Hip ! Hip ! Hip ! Hourra ! pour le Bardinbus !

5

Blancs comme neige

Quand nous sommes arrivés chez moi, en haut de la montagne, une surprise nous attendait : mon chalet était enseveli sous la neige, il avait l'air d'un igloo.

Lucky s'est mis à japper de bonheur. La campagne est vraiment son royaume.

Une petite fumée blanche s'échappait de la cheminée. Mon grand-père était venu mettre des bûches dans le poêle à bois.

Mon grand-père habite juste à côté. Il fait pousser des patates noires et des salades frisées en été. L'hiver, il surveille les arbres, les tempêtes de neige et les corneilles.

Monsieur Bardin est descendu le premier de l'autobus, léger comme un papillon. Il s'est mis à courir dans la neige avec Lucky qui en avait jusqu'aux oreilles. L'aiguille sur la boussole de son chapeau tournait dans tous les sens.

— Venez, venez, les amis, et regardez : chaque flocon brille comme une étoile. C'est fantastique, nous sommes arrivés au paradis !

Ma cousine Anne-Sophie est descendue la première :

— Monsieur Bardin, vous devez nous apprendre à rêver. Je suis prête.

— D'accord, cher ange. Allons d'abord dire bonjour à l'oncle SAM! Pour bien rêver, il faut prendre beaucoup d'oxygène. Suivez-moi !

Monsieur Bardin fendait la neige comme on marche dans l'eau.

Au bout d'un moment, il s'est arrêté. En cercle autour de lui, nous nous sommes assis dans la neige poudreuse. La lune brillait dans le ciel.

—*Folks*, nous sommes à la frontière des États-Unis. Aux cinquante États, nous disons : Bonjour *Uncle Sam*, c'est le surnom des **Un**ited **S**tates of **Ame**rica !

Mes amis se sont amusés :
—*Nice to meet you, Sam !*

—*How do you do, Sammy ?*
—*Hey Sam, what's up ?*
—*Cool, Sam, it's chillin'!*

Monsieur Bardin s'est alors étendu de tout son long dans la neige. Nous l'avons imité.

—Mes bienheureux amis, soyez les bienvenus à votre première leçon de rêve. D'abord, il faut fermer les yeux. Respirer calmement. Ne pas dire un mot.

Pour faire le vide tooooooooooo-ootal… oubliez votre nom et votre groupe sanguin. Oubliez les consonnes, les voyelles et les nombres. Oubliez votre adresse de courriel. Ensuite, laissez-vous aller, doucement, doucement, doucement, doucement dans la neige éternelle. Vous flottez dans la voie lactée. On dirait de la ouate. Il n'y a plus de jour. Il n'y a plus de nuit. Il n'y a plus d'école.

Vous devenez blancs comme la neige et vous rêvez que vous partez en voyage dans un pays où tout est possible. Rêver, c'est comme aller au cinéma la nuit, les yeux fermés. Tout peut arri-

ver : vous volez dans l'eau, vous nagez dans l'air, vous mangez de la tourtière au dinosaure, votre chat devient une hirondelle, vos

parents se transforment en ma-
rionnettes, vos deux meilleurs
amis deviennent une sauterelle
et un perce-oreille, vous condui-

sez une fusée en crème fouettée,
les grandes oreilles de Lucky
sont devenues le turban d'un
maharajah...

Monsieur Bardin a pris une
grande inspiration et nous l'avons
imité.

—Le rêve, mes amis, est un
spectacle à l'intérieur de notre tête.

Parfois nous devenons un acteur du spectacle, d'autres fois nous

sommes seulement spectateurs. C'est par le rêve que le monde avance, mes amis, voilà pourquoi il faut rêver le plus possible. Un jour, quelqu'un a rêvé d'aller sur la Lune. Eh bien, le 21 juillet 1969, l'Américain Neil Armstrong a vraiment marché sur la Lune. Règle 21-69: rêver fait évoluer l'univers, et c'est formidaaaaaable…

6

CHARADES AUX POMMES

Si monsieur Bardin ne m'avait pas réveillé, je serais encore en train de rêver que j'allais à la pêche aux framboises avec mon chien Lucky déguisé en maharajah.

—Debout, les amis ! Revenez sur terre ! Nous allons rentrer au chalet de Jérémy pour nous réchauffer. En route !

Lucky courait devant tout le

monde et monsieur Bardin bondissait comme une sauterelle. Avais-je vraiment rêvé ?

Au chalet, une collation nous attendait. Mon grand-père avait fait cuire un gros plat de croustillant aux pommes de Frelighsburg. Ma collation préférée.

Monsieur Bardin était un organisateur en or ! Quand nous avons tous été assis autour de la table, il a levé son verre de lait en portant un toast :

—Jérémy, nous te souhaitons un joyeux anniversaire. Et à tous les autres, ainsi qu'à moi-même, je souhaite une bonne Saint-Valentin !

Ma cousine s'est approchée de moi pour m'embrasser.

—Et que tous tes rêves se réalisent, mon cher cousin.

Monsieur Bardin a commencé à servir la collation :

—Ce croustillant est magique : plus j'en sers, plus il y en a. C'est la multiplication des pommes, foi de Bardin !

Mes amis se sont régalés, c'était le meilleur croustillant aux pommes qu'ils avaient jamais mangé.

Après, nous avons joué au jeu préféré de monsieur Bardin, la charade :

—Charade du 14 février : Mon premier est une planète. Mon second est une note de musique. Mon troisième est le contraire de laid. Mon dernier porte ma tête. Le tout est un mot de circonstance.

Nous l'avons trouvé tout de suite : Mars-si-beau-cou, donc : Merci beaucoup !

— Une autre, monsieur Bardin, plus difficile.

Monsieur Bardin s'est assis devant le petit poêle à bois en se frottant les mains.

— Charade numéro 1982 : mon premier mange de l'herbe de la campagne. Mon second attache des mots ensemble. Mon troisième est une autre note de musique. Ma dernière demeure à côté. Le tout est bien connu de Jérémy.

Lucky a jappé tout de suite et je me suis levé en disant : Vache-et-la-voisine, donc : Va chez la voisine ! *Yeah!*

— Et qu'y a-t-il chez la voisine, Jérémy ?

—Trois amis formidables, Courtney, Blair et Scott, des vaches et des bœufs qui beuglent, des chats qui miaulent, trois tracteurs qui font broum broum broum, du fumier, une cabane à sucre et des centaines d'érables qui font le meilleur sirop, un lac pour patiner, une charrue pour labourer, des pivoines, et une grande galerie où l'on peut courir !

Monsieur Bardin était heureux comme un poisson dans l'eau. Il a continué à inventer des charades en faisant cuire des omelettes sur le poêle à bois. Il disait : mangez mes zzzhommes-lettes et vous serez moins lettes !

FEU, FEU, JOLI FEU

Pour dormir, nous avons étendu nos sacs de couchage partout.

Ma cousine s'était installée dans la baignoire avec son oreiller de satin. Elle se préparait à ronfler en dégustant un dernier chocolat.

Mes cousins Loïc et Carter dormaient dans un coffre de cèdre, leur demi-frère Arnaud

sur le dessus du piano, ma cousine Sierra dans un bac à fleurs
et sa sœur Elissa dans un rayon
de la bibliothèque, à côté du livre
de Blanche-Neige.

Nous étions tassés comme
des sardines dans leur boîte
d'emballage, c'était merveilleux.
J'avais l'impression que mon
chalet était devenu un immense
palais des mille et une nuits.

Monsieur Bardin était allongé près du poêle. Un peu avant minuit, il s'est mis à crier comme un pompier :

—AU FEU ! AU FEU ! Tout le monde dehors ! AU FEU ! AU FEU !

Nous avons mis nos habits de neige par-dessus nos pyjamas et nous sommes sortis en courant.

SURPRISE ! SURPRISE !

Mon grand-père avait allumé un gros feu de branches dans son jardin. C'était ma-gni-fi-que ! Nous nous sommes assis dans la neige autour du feu.

Monsieur Bardin riait :

—*AMIGOS,* REGARDEZ LE CIEL. Il est si près qu'on peut toucher les étoiles.

Les yeux d'Anne-Sophie brillaient :

—Monsieur Bardin, nous sommes dans un conte de fées ! Un feu de camp en plein hiver, c'est le monde à l'envers !

Monsieur Bardin a souri et a fermé les yeux. Son chapeau s'est mis à tourner doucement.

—C'est comme dans les rêves, chère Ange-Sophie. Le monde des rêves est souvent à l'envers du bon sens. Il y a des rêves qui nous font peur : ce

sont des cauchemars qui nous disent : attention, sois prudent. Il y a des rêves qui nous annoncent de bonnes nouvelles. Il y a aussi des rêves que nous ne comprenons pas tout de suite. C'est seulement le lendemain, ou la semaine suivante, ou plusieurs années après que nous comprenons le message du rêve. Chaque rêve est une étoile qui nous envoie un peu de lumière. Et la lumière, vous le savez, c'est le petit diamant qui brille dans votre cerveau.

Arnaud s'est levé en se frottant les yeux, il avait encore sommeil :

—M'sieur Bardin, racontez-nous le plus beau rêve de votre vie.

Le chapeau de monsieur Bardin s'est mis à tourner de plus en plus vite.

—C'est celui que j'ai fait dans la nuit qui a suivi ma première journée d'école, Arnaud. J'avais rêvé que je passais toute ma vie dans l'école, et que chaque jour je lisais un nouveau livre.

—BRAVISSIMO, a dit Anne-Soph. Moi aussi, je rêve que l'école dure toute la vie, Hip ! Hip ! Hip ! Hourrah !

Lucky s'est approché de monsieur Bardin pour lui lécher doucement les oreilles en miaulant un peu. Mon chien avait l'air de lui parler.

Monsieur Bardin s'est levé et a commencé à danser comme une mouche à feu.

—Je viens de recevoir un nouveau message, par les oreilles cette fois. Lucky souhaite que nous commencions ce soir une immense collection de rêves,

grande comme la cour de récréation. Envoyez-moi par courriel vos plus beaux rêves, et demandez à vos amis de faire de même. Avec tous ces rêves, nous allons construire la bibliothèque des rêves. Chaque rêve va devenir un livre illustré ! Ils vont changer le monde et le rendre plus joyeux. Envoyez vos rêves à mon site internet !

Pendant que nous chantions l'adresse du site en choeur : *monsieurbardin.com, monsieurbardin.com, monsieurbardin.com*

Anne-Sophie, Marine et Arnaud sont allés détacher les ballons sur l'autobus. Ils les ont apportés autour du feu.

Le chapeau de monsieur Bardin s'est arrêté.

—Mes anges, pour fêter l'anniversaire de Jérémy, et pour bien commencer notre collection de rêves, nous allons lancer nos ballons dans le ciel.

Pendant que nous chantions à répétition *monsieurbardin.com,* les ballons de toutes les couleurs, et biodégradables, se sont envolés vers les étoiles. À mesure qu'ils disparaissaient, ils devenaient, eux aussi, de minuscules points de lumière. Quand le dernier ballon a disparu au loin, monsieur Bardin nous a invités à rentrer dormir.

—Au boulot, *amigos*: allons rêver !

En mettant la tête sur l'oreiller, j'ai senti que je partais pour le pays des rêves.

Le lendemain, quand je me suis réveillé, je ne savais plus où j'étais. Je me souvenais seulement de mon rêve : avec mes amis, j'avais fait le tour du monde en Bardinbus, en suivant la route des étoiles.

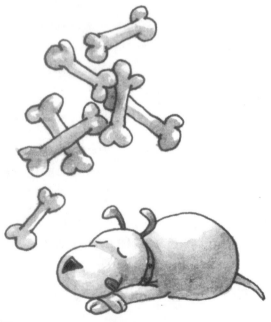

PIERRE FILION

Pierre Filion rêve jour et nuit depuis qu'il a commencé à lire et à écrire. C'était il y a long-temps, avant même de connaître l'école et les mathématiques.

L'hiver dernier, quand le feu ronflait dans le poêle de son petit chalet de Frelighsburg, il s'est mis à raconter cette nouvelle aventure de monsieur Bardin. Il a écrit en regardant les étoiles s'allumer et s'éteindre, durant des tempêtes de neige fabuleuses, qui n'en finissaient pas de finir.

Quand monsieur Bardin lui a expli-qué que les rêves pouvaient exister pour vrai, Pierre Filion a enfin compris pourquoi les portes du matin sont tou-jours pleines de lumière quand il s'éveille : elles brillent de tous les rêves qui font évoluer la vie depuis que le monde est monde.

STÉPHANE POULIN

Depuis ma naissance, ma vie est une dure épreuve. D'abord, pour faire plaisir à ma maman et ensuite par souci d'assurer mon propre développement, j'ai entrepris la tâche grandiose de devenir parfait…

J'ai donc cessé de me traîner à quatre pattes et de sucer mon pouce. J'ai ensuite cessé de sucer mon gros orteil et j'ai aussi cessé de boire au biberon. Par la suite, j'ai cessé de pleurer, de mettre mon doigt dans mon nez et de lancer la nourriture lors des repas. J'ai aussi cessé de mettre mes coudes sur la table et de rouspéter pour prendre un bain.

En vieillissant, j'ai cessé de voler des bonbons au dépanneur du coin, j'ai cessé de dire des gros mots, d'arriver en retard à mes rendez-vous, de traîner au lit et d'aller à l'école (ça, c'était très facile).

Finalement, j'ai cessé de fumer, de mentir, de boire de l'alcool, de frauder l'impôt et de fréquenter des filles peu recommandables…

Il n'y a qu'une chose que je ne cesserai jamais et c'est d'illustrer des livres pour Soulières éditeur. Alors, ça, jamais, jamais !

À l'éco...l...e de monsieur Bardin

Avec monsieur Bardin, l'école devient un vrai paradis. Avec lui, on peut mâcher de la gomme, faire un petit somme, amener son chien… Oui, mais est-ce que ça peut durer ?

Le retour de monsieur Bardin

Monsieur Bardin nous dévoile tout sur sa visite à l'hôpital : était-ce pour y subir une chirurgie ? une greffe ? une transplantation ? Chose certaine, monsieur Bardin est véritablement un homme au grand cœur…

La valise de monsieur Bardin

Monsieur Bardin est invité à souper chez Jérémy. Il arrive avec une petite valise ! Qu'est-ce qu'il a mis là-dedans ? Sa brosse à dents ? son pyjama ? Ah ! Mystère de mystère de sac-à-puces !

Joyeux Noël monsieur Bardin !

C'est le premier Noël en Amérique de monsieur Bardin. Il veut le fêter avec ses élèves. Les parents ne sont pas invités. Pour Jérémy et ses amis, ce 25 décembre sera mémorable.

MA PETITE VACHE A MAL AUX PATTES

1. *C'est parce que...*, de Louis Émond, illustré par Caroline Merola.
2. *Octave et la dent qui fausse*, de Carmen Marois, illustré par Dominique Jolin.
3. *La chèvre de monsieur Potvin*, de Angèle Delaunois, illustré par Philippe Germain, finaliste au Prix M. Christie 1998.
4. *Le bossu de l'île d'Orléans*, une adaptation de Cécile Gagnon, illustré par Bruno St-Aubin.
5. *Les patins d'Ariane*, de Marie-Andrée Boucher Mativat, illustré par Anne Villeneuve.
6. *Le champion du lundi*, écrit et illustré par Danielle Simard.
7. *À l'éco...l...e de monsieur Bardin*, de Pierre Filion, illustré par Stéphane Poulin, Prix Communication-Jeunesse 2000.
8. *Rouge Timide*, écrit et illustré par Gilles Tibo, Prix M. Christie 1999.
9. *Fantôme d'un soir*, de Henriette Major, illustré par Philippe Germain.
10. *Ça roule avec Charlotte!*, de Dominique Giroux, illustré par Bruno St-Aubin.
11. *Les yeux noirs*, de Gilles Tibo, illustré par Jean Bernèche. Prix M. Christie 2000.
12. Ce titre est retiré du catalogue.
13. *L'Arbre de Joie*, de Alain M. Bergeron, illustré par Dominique Jolin. Prix Boomerang 2000.
14. *Le retour de monsieur Bardin*, de Pierre Filion, illustré par Stéphane Poulin.
15. *Le sourire volé*, de Gilles Tibo, illustré par Jean Bernèche.

Les amis, n'oubliez pas d'envoyer vos rêves en lui écrivant à monsieurbardin.com

Achevé d'imprimer
sur les presses de AGMV-Marquis
en août 2004